LE ROUGE VOUS VA SI BIEN

et autres histoires

lucie durbiano

LE ROUGE VOUS VA SI BIEN

et autres histoires

Gallimard

N° d'édition : 154433
Dépôt légal : novembre 2007
ISBN : 978-2-07-061654-1
Imprimé en Espagne
Première édition

Le rouge vous va si bien

Lili et Charlie

Samuel

Far West

Lapin Lapin

La complainte de l'escargot

Cocktail Champêtre

Le rouge vous va si bien

Le rouge vous va à ravir.
Merci, c'est ma grand-mère qui me l'a tricoté.
Vous en avez de la chance !
Vous vous moquez de moi ?
Mais pas du tout, je suis sincère. Regardez, des fraises des bois !
Tenez.
Mmm ! Comme elles sentent bon !
Vous n'en voulez pas ?
Je vous les laisse.
Merci.

Vous savez, je vous aime.
Vous m'aimez ? Mais ce n'est pas très raisonnable ça.
Pourquoi ?
Une jeune fille si jeune ne doit pas aimer un vieux loup comme moi, qui plus est s'il ne vous aime pas en retour.
Comme c'est dommage !
Dommage pour vous.
Et pour vous aussi. Pensez à la joie que cela vous aurait procurée !
Certes. Mais j'ai aujourd'hui moins de douleur que vous.
Peut-être avez-vous raison.
Raison ou pas, apprenez que l'amour peut être cruel.
À qui le dites-vous !
Venez vous asseoir !
Je dois m'en aller.
Vous prendriez bien un verre avec moi demain soir ?
Si vous voulez.

Oh et puis non. Puisque vous ne m'aimez pas, à quoi bon ?
Mais je vous aime bien. N'est-ce pas une raison suffisante ?
Suffisante pour que vous m'épargniez cette peine.
Ne pleurez pas, je suis désolé.
Pas autant que moi. On en revient là. Au revoir, mon ami, au revoir.
Nous nous reverrons demain, n'est-ce pas ?
Demain, oui. Je vous aime.
Quoi ?
Je me suis trompé tout à l'heure, en fait je vous aime.
Comment dois-je le prendre ?
Comme vous voudrez.
Nous verrons cela plus tard, je me sens un peu déroutée.

J'ai très envie de vous embrasser.
Ah, vous m'aimez donc pour ça !
Mais bien sûr, pas vous ?
Si bien sûr que si.
Oh, je voudrais toujours rester avec vous. Vous pourriez m'épouser.
Vous n'êtes qu'une enfant, votre grand-mère vous attend.
Oui, pauvre grand-mère !
Je dois partir. M'aimerez-vous assez longtemps ?

M'aimerez-vous jusqu'à demain ?
Moi, je vous aimerai toujours.
Fillette, ne dites jamais que vous m'aimerez toujours.
Votre vie commence à peine.
Trop tard, monsieur, on croit s'aimer pour juste un soir, mais l'on s'est donné pour la vie.
Nous sommes encore l'après-midi.
Mais...
C'est une belle chanson, il y en aura d'autres.
N'en dites pas plus.
Petite !
Oui, monsieur ?
Promettez-moi de ne pas pleurer.
FIN

Lili et Charlie

CRAC !
Charlie, c'est toi ?
C'est moi, le prince des ténèbres.

Au secours !
AH !
Mmm... Lili, que tu sens bon ! Je te mangerais toute crue, si je n'y prenais garde. Allons dans la grotte, nous y serons mieux.
D'accord, Charlie.

Je suis triste, Lili.
Pourquoi tu dis ça ? Tu n'es pas bien avec moi ?
Je suis le plus heureux du monde avec toi...
... Mais je ne peux pas attendre, je dois partir, tu le sais.
Oui, je le sais, mais ce n'est pas grave, je t'attendrai, moi.

Pourquoi tu ne partirais pas avec moi ? On sera heureux à Philadelphie, je gagnerai de l'argent et tu pourras poursuivre tes études.
Je ne peux pas laisser mes parents. Maman est malade et ...
Ils vont te marier de force à cet imbécile, si tu restes.
Ça jamais ! Plutôt crever !
Alors, viens avec moi.
Pas encore. Je voudrais que mes parents t'acceptent.
Ton père me hait.
Ne dis pas ça.
Tu m'as dit toi-même qu'il me tuerait s'il nous voyait ensemble.
C'est parce qu'il ne te connaît pas, sinon il t'aimerait.
Ma douce naïve. Je vais te perdre sans n'y pouvoir rien.
Aie confiance Charlie, ils finiront par entendre raison.
Ils ne changeront pas, Lili.
Si, ils comprendront.
Allez viens, ne parlons plus de tout ça. Profitons de nos derniers instants passés ensemble.
Aimons-nous tant qu'il est encore temps.

Tu vas me manquer, Charlie.
Je t'écrirai tous les jours, je viendrai te voir en cachette.
Et quand maman ira mieux, quand papa sera plus gentil, je resterai avec toi pour toujours.
Mon amour

PAPA !
Tu as encore couché avec ce dégénéré.
Papa, je t'en supplie, ne lui fais pas de mal !
Rentre à la maison, Lili !
Monsieur, calmez-vous, j'aime votre fille et je la respecte, permettez...
Petite merde.
PAN !

Tu n'avais pas le droit !
J'ai fait mon devoir.
Quel devoir ? Tu as tué celui que j'aime.
C'était un monstre.
C'est toi le monstre.
Tu devrais rentrer à la maison, Lili. Ta mère va s'inquiéter.
Je ne suis plus ta fille, je ne suis plus rien. Je vais rejoindre celui que j'aime...
... Éperdument.

FIN

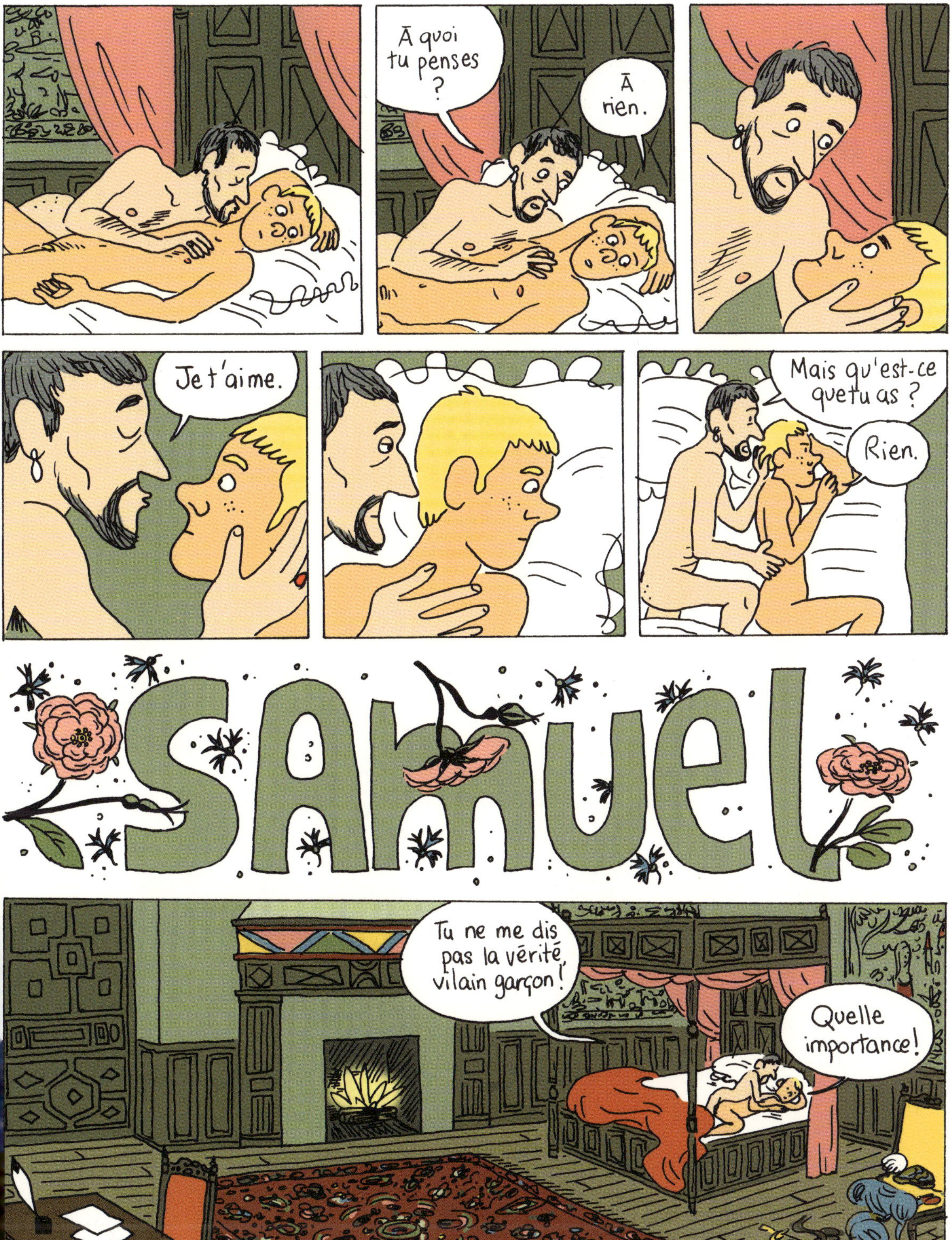
À quoi tu penses ?
À rien.
Je t'aime.
Mais qu'est-ce que tu as ?
Rien.
Samuel
Tu ne me dis pas la vérité, vilain garçon !
Quelle importance !

Tout ce qui vient de toi est important.
Henri ?
Oui?
Je vais partir à la guerre.
Quelle folle idée !
Tu as une place en or auprès de moi et tu préfères aller te faire tuer pour je ne sais quels idéaux ?
Que sais-tu de mes idéaux ?!!
T'es-tu seulement un jour demandé ce dont j'avais vraiment besoin ?!!
Évidemment, non !
Tu m'as pris sous ton aile car ça t'arrangeait bien. Mais figure-toi que j'ai besoin d'autre chose que d'être ton petit protégé !
Ça ne peut plus durer, Henri !
Qu'est-ce qui ne peut plus durer ?
Que veux-tu que ce soit ?!!
Nous deux, pardi !!!

Tu veux me quitter ?
Oui et non.
Je ne comprends pas.
Tu ne comprends pas, oui bien sûr...
... Je suis là, avec toi, répondant à tes moindres désirs, toujours reconnaissant de ta générosité.
Mais bon sang ! Je ne fais rien de ma vie, je ne fais rien que de te plaire !
Je ne t'ai jamais forcé à quoi que ce soit Samuel, tu es venu à moi de ton plein gré, il me semble.
La belle affaire ! J'étais si inexpérimenté à l'époque !
Pas tant que ça.
Allons, ne pensons plus à tout cela... Viens près de moi !
Tu es jeune et beau, tu as la vie devant toi, il n'y a que ça qui compte.
La voilà la vérité ! Quand je t'ouvre mon cœur et te livre mes tourments, tu me dis que ça ne vaut pas la peine. Mais qui suis-je donc pour toi ? Un simple objet de désir, ton mignon ?

Ne te méprends pas, Samuel, tu es ce qui compte le plus pour moi...
Tu es l'amour.
Non Henri, tu te trompes, je suis un homme, comme toi. Je ne suis pas un sentiment !
L'amour est aussi chair.
Oh Samuel...
Tu as besoin de liberté, quoi de plus naturel ? Tu pourras faire ce que bon te semble, n'aie nulle crainte...
Mais Seigneur, quel joli petit cul ! Vraiment je souffrirais de m'en passer !
Oui ben mon cul, il est pas à vendre !

Mais je n'ai jamais pensé une chose pareille !
Voyons Samuel, qu'est-ce qui te prend à la fin ?
Je suis complètement dérouté... On s'entend pourtant bien tous les deux...
Tu veux que je te dise... Tu es tout ce qui me reste de joie.
Ah laisse-moi rire !!!
Monsieur est courtisé par les plus grands de ce monde...
...Il est admiré, écouté, respecté, il a la richesse et le pouvoir, il a tout quoi...
Tu as fini ?
Non.
En plus, je ne suis même pas son seul amant !
C'est donc ça qui te chagrine ?
Non ! J'en ai marre, c'est tout !

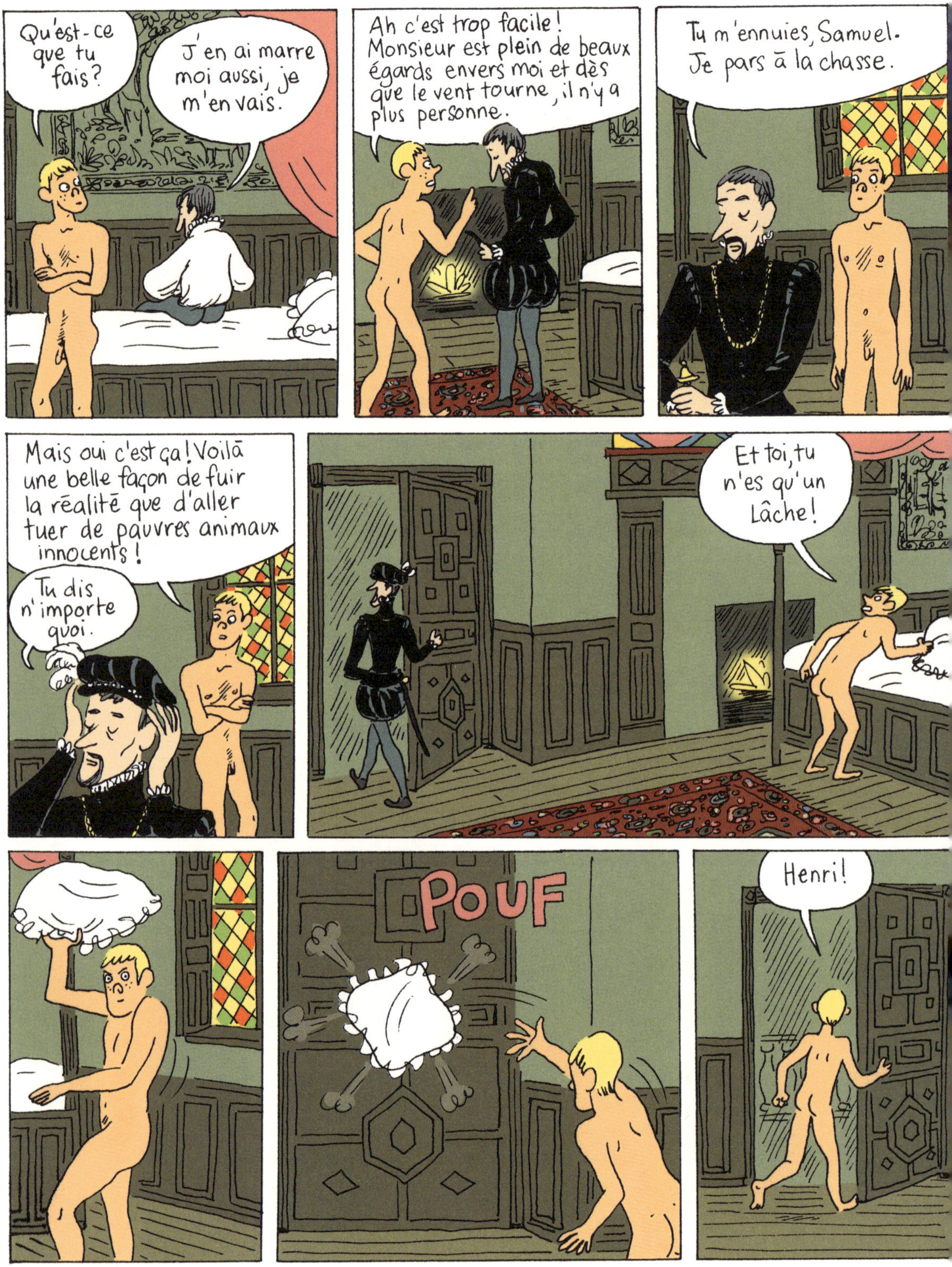
Qu'est-ce que tu fais?
J'en ai marre moi aussi, je m'en vais.
Ah c'est trop facile! Monsieur est plein de beaux égards envers moi et dès que le vent tourne, il n'y a plus personne.
Tu m'ennuies, Samuel. Je pars à la chasse.
Mais oui c'est ça! Voilà une belle façon de fuir la réalité que d'aller tuer de pauvres animaux innocents!
Tu dis n'importe quoi.
Et toi, tu n'es qu'un Lâche!
POUF
Henri!

Henri, je te préviens, si tu ne reviens pas tout de suite, je pars pour toujours !
C'est ça ! fais semblant de ne pas m'entendre !
Espèce de couard !
Quoi ? Qu'est-ce qu'il y a ?
Je.. J'apporte des draps propres.
Eh bien ne restez pas plantée là ! faites donc votre travail !
Oui monsieur.

Monseigneur, n'est-ce pas messire Samuel qui attend au bord du chemin?
On dirait bien.
Que fais-tu là, Samuel ?
J'attends la diligence.
Oh très bien, tu t'es enfin décidé à partir.
Oui
Bon eh bien je suppose qu'il ne me reste plus qu'à te souhaiter bonne chance.
C'est ça.

Comment appelle-t-on une femme qui sait exactement où se trouve son mari tous les soirs ?
Heu... Non, je ne vois pas où est le problème.
Une sacrée cocotte !
Une veuve !
HA HA, oui, très drôle !
C'est idiot.
Je m'étonne que Samuel ne soit pas parmi nous. Est-il souffrant ?
Il est parti.
Est-ce cela qui vous affecte ? Vous n'avez ouvert la bouche que pour à peine goûter à vos mets.
Je crois qu'il ne reviendra pas.
Oh, vous vous êtes disputés ?
Pas précisément... Il semblerait que Samuel ait besoin de découvrir d'autres choses...
Mm... Je vois...
Écoutez, je ne sais si mon impression est juste mais je pense que vous ne devriez pas vous inquiéter.
Samuel est jeune et impulsif, certes, mais il vous aime sans aucun doute
Il reviendra.
J'aimerais tant vous croire, chère Clara.

Samuel? C'est toi?
Tu n'es pas parti?
La diligence n'est pas passée. Je n'allais tout de même pas rester sous la pluie indéfiniment.
Viens donc te réchauffer, tu es trempé comme une soupe !
Avec plaisir, mon ami.
Je t'ai manqué?
Énormément.
Ce que tu es gentil, Henri !

FIN

Far West

BLOB
Vous cherchez quelque chose ?
Un soda.
Les sodas, c'est ici !
Vous voulez lequel ?
Mm... Voyons voir... Un Mint-Cherry !
Ce sont mes préférés !
Ah oui ?
Je ne bois que ça.
Moi aussi... Enfin presque.
C'est très rare vous savez. Il n'y a pas grand monde qui demande ce parfum... D'ailleurs vous êtes le premier si j'ai bonne mémoire.
Tant mieux, au moins vous souviendrez-vous de moi.

HAHAHA ! l'homme qui aimait les sodas Mint-Cherry !
Votre rire !
Qu'est-ce qu'il a mon rire ?
Il tinte comme une clochette d'argent.
Euh... Vous désirez autre chose ?
Je crois l'avoir sous les yeux.
Quoi ?
Ce que je désire.
Mais quoi ? Des magazines, des cigarettes, des bonbons, des chips, du dentifrice ?!!
Non.
Assez tergiversé, dites-moi quoi !
Quoi.
HAHA ! très bien... Maintenant vous allez me dire bien gentiment ce que vous désirez.
Je vous l'ai déjà dit.
Vous ne m'avez rien dit du tout.
Je vous ai dit que ce que je désirais je l'avais sous les yeux.
Quoi c'est moi ?!!
À la bonne heure, vous avez deviné.

Vous vous trompez de rayon, monsieur, je ne suis pas une pute.
Loin de moi, très loin de moi cette idée. Je vous trouve simplement très chouette.
Ah! Et c'est une raison suffisante pour me dire des choses pareilles?!!
J'imagine que non. Mais que voulez-vous, je tombe facilement amoureux.
Ça, ce n'est pas vraiment un compliment.
Allez, monsieur le joli cœur, finissez vite votre soda, je vais fermer.
Je voudrais appeler un taxi, je peux me servir du téléphone?
Oui bien sûr, vous allez où?
À River-city.
Hey! J'y vais aussi. Je peux vous y conduire si vous voulez, j'ai une voiture.
D'accord. J'avoue que ça m'arrange.
Je m'appelle Philip.
Elie.
Elie, enchanté de vous connaître.
Moi aussi. On y va?
Et n'oubliez pas votre valise.
Ah oui, ma valise.

Vous n'avez pas peur de prendre un inconnu dans votre auto ?
Vous m'avez l'air parfaitement inoffensif.
Méfiez-vous quand même un peu.
Vous croyez ?
Vous vivez dans un ranch ?
Qu'est-ce qui vous fait penser ça ?
Mon flair de fin limier.
HA HA HA HA !
C'est vrai que ça sent drôlement le cheval dans ce pick-up.
Une cigarette ?
Merci.
C'est amusant, je vais justement passer quelques jours de vacances dans un ranch.
Ah oui, où ça ?
Chez les Leming, mes parents.
NON?!!
Ben si.

HA HA HA HA HA !!!
Qu'est-ce qui vous fait rire ?
Je me présente : votre future belle-sœur, future madame Leming.
Ça alors ! Ma mère m'avait dit que mon frère allait se marier mais j'étais loin de m'imaginer que c'était avec vous.
Quel sacré veinard.
Mais... Mais pourquoi diable travaillez-vous dans ce drugstore ? Ce n'est pas vraiment le genre des Leming.
C'est vrai. Ils ont d'ailleurs essayé de m'en dissuader, mais j'ai trouvé ce boulot avant de rencontrer Dan et pour le moment je préfère le garder...
... J'veux dire, jusqu'à ce que je me marie. Et puis je m'ennuie au ranch.
Déjà ?
Je n'aime pas les chevaux.
C'est pas de chance, Dan les adore.
Il a ça dans le sang.
Et vous, qu'est-ce que vous aimez ?
À l'orphelinat on faisait du théâtre, j'adorais ça. J'aime aussi la cuisine mexicaine et j'aime Dan, bien sûr.
Il a été si chic avec moi. Vous savez, j'étais un peu paumée en arrivant ici.
Et Dan est arrivé sur son fier destrier...
C'est un peu ça... Et vous, vous faites vos études à Harvard, il paraît.
Oui, les chevaux c'est pas mon truc non plus. Je préfère la littérature.

Vous avez de la chance.
J'veux dire de pouvoir étudier ce que vous aimez.
Vous pouvez le faire aussi.
Oh moi, les études, je n'y arrive pas.
Il faut essayer pour pouvoir le dire.
On est arrivés.
LEMING RANCH
Hey, Philip !
Content de te voir frérot.

Elie, tu savais qu'il venait ?
Mais non. On s'est rencontrés par hasard au drugstore.
Alors, inutile de faire les présentations.
Inutile en effet... Je suis ravi, Dan, ravi pour vous deux.
Ah ça, je suis le plus heureux des hommes. J'vais épouser la plus jolie fille du Texas !
On peut pas rêver mieux.
Ma p'tite femme chérie.
Papa et maman sont là ?
Pa est avec Doug, ils rentrent les bêtes. Maman doit s'occuper de ses roses, comme d'habitude.
Venez, on va lui faire la surprise... Elle va être folle de joie en te voyant. Si tu savais comme elle se languit de toi.
J'imagine très bien.
Oh Philip, c'est formidable !
Major de ta promotion, voyez-vous ça ! Comme je suis fière de toi !
Merci maman.

Mais pourquoi tu ne nous l'as pas dit plus tôt ? On serait venus te féliciter, ça m'aurait fait tellement plaisir ! La prochaine fois, avertis-nous mon chéri, ton père et moi...
Britany, laisse-le un peu respirer.
Oh Roger, voyons, laisse-moi profiter de mon petit garçon ! Tu ne sais pas, le pauvre, qu'il est arrivé en train ?
Et alors ?!!
Tu aurais du prendre l'avion, mon biquet, c'est beaucoup plus rapide !
Je n'avais pas assez d'argent.
Quoi ?!! Mais on t'en aurait envoyé !! Il fallait nous prévenir.
Maman, j'aime bien voyager en train... Et puis ça m'a donné l'occasion de faire connaissance avec Elie au drugstore, en sortant de la gare.
Tu as dû être surpris de rencontrer la future femme de ton frère dans cet endroit minable, non ?
J'ai trouvé ça charmant, au contraire.
Charmant ?!! Tu as de ces mots toi ! Enfin, espérons qu'Elie quittera bientôt ce travail grotesque pour s'occuper de son mari et de sa maison.
Elie, tu ne voulais pas prendre des cours de théâtre ?
Tu plaisantes Philip ?!!
Elie m'a dit qu'elle adorait le théâtre...
Quand elle aura des enfants, elle n'aura plus le temps pour ce genre de sottises !
Mais elle n'en a pas.
Ça viendra bien assez tôt.

Elie, va chercher le gâteau s'il te plaît.
Elie et moi on va s'installer dans la vieille maison à côté de la rivière
Ah oui ?
Il y a d'sacrés travaux à faire mais ça vaut le coup.
C'est sûr. Vous serez bien là-bas.
Dis-moi fiston, Dan et moi faut qu'on emmène les bêtes à Kingsville. Y en a pour trois jours à peine. J'ai pensé que tu pourrais nous filer un coup de main.
Oh Roger...
Tu sais bien qu'il n'a jamais aimé ça.
Laisse-le prendre ses décisions tout seul, Britany, il est assez grand.
Mais il ne reste que quatre jours ici.
Raison de plus, il aura le temps.
Alors fiston, qu'est-ce que tu en dis ?
J'avoue que ça ne me dit pas trop.
Ah tu vois !
Elie sera contente si tu restes ici. Elle est en congé cette semaine, tu lui tiendras compagnie.
Cette perspective me séduit davantage.
Et ta vieille maman? Elle aussi elle veut profiter de toi !
Je serai tout à toi, ma chère maman.
Tu es un trésor.

Mais qu'est-ce que c'est que ce gâteau ?
Je n'ai pas réussi à bien le démouler.
Eh bien, ma fille, on ne peut pas dire que tu sois prête à tenir une maison.
Bah ! Ce n'est pas l'apparence qui compte, il va être très bon ce gâteau.
Évidemment, c'est moi qui l'ai fait.
Pardonnez-moi, je vais me coucher.
Déjà ?
Tu veux que je t'accompagne ?
Je ne me sens pas très bien.
Non merci
Laisse, Philip, je vais servir.
Elle ne tient pas le coup, cette petite. Dan, tu devrais l'empêcher de travailler dans cet endroit infect.
Pour l'amour du ciel, maman !
Ne remets pas cette histoire sur le tapis ! Elie est libre de faire ce qu'elle veut... et cet endroit, comme tu dis, est loin d'être infect.
Philip, du gâteau ?
Tu n'as aucune autorité de toute façon, tout comme ton père.
Ça va encore être de ma faute !

Oh non, c'est pas juste.
Je n'ai encore rien attrapé.
Je t'en donnerai un si tu veux.
Certainement pas. Je n'ai pas besoin de ta pitié.
Quelle orgueilleuse!
J'ai ma dignité, c'est tout.
Qu'est-ce que tu fais?
Je vais me baigner.
Daignerez-vous m'accompagner princesse ?
Pas tant que je n'aurai attrapé mon poisson.
Comme il vous plaira, gente dame.
SPLASH!

Alors, ça mord ?
Je crois que j'en ai attrapé un gros.
Un peu trop gros pour toi ma jolie.
AH !
SPLOUSH
SALAUD !
HAHAHA
HAHAHA HA HAHAHAHA HA HA

Quoi ?
Rien.
Quand j'étais gosse j'adorais venir ici.
Moi aussi j'adore cet endroit.
On dirait qu'on est faits pour s'entendre tous les deux.
Ah oui ?
Oui.
Je demande à voir.
À voir ou à sentir ?
Ma foi, je ne sais plus très bien...

Devine qui j'ai rencontré cet après-midi ?
Qui ?
Barbara et sa fille Janet.
Ah ?
Et tu ne devines pas ce qu'elles m'ont dit ?
Non.
Tu n'as même pas une petite idée ?
Mais non !
Tu es un sacré petit cachottier, Philip. Tu aurais pu nous tenir au courant.
Mais de quoi ?
Tu vas te fiancer avec la fille du gouverneur du Maine et nous sommes les derniers à le savoir.
Mais je ne l'ai encore dit à personne.
Alors comment se fait-il que ce soit Barbara qui me l'ait appris ? J'aurais préféré l'entendre de ta bouche.
J'ignore comment elle l'a su... Je voulais vous faire la surprise...
Pour une surprise c'est une surprise ! Tu es vraiment incorrigible, Philip... Déjà tout petit tu gardais tout pour toi... Tu te souviens de l'histoire du lapin ?
BRRRRRRR
Tu l'avais caché dans le... Philip ?!!

Elie, je vais t'expliquer...
Ne te donne pas cette peine, Philip, j'ai compris.
Tu es triste ?
De toute façon c'est impossible nous deux... Il y a Dan et...
Oui, il y a Dan...
Avec toi, c'était différent, je croyais que...
Ça sent rudement bon ici.
Salut maman !
Oh, vous êtes déjà là ?!! Mais je ne vous attendais que pour ce soir.

On a fini plus tôt... Qu'est-ce que tu nous prépares de bon ?
Du chili.
Oh, c'est fête alors !
J'ai invité quelques amis à venir dîner ce soir.
Ah bon ? Mais pourquoi ce soir ? On est fourbus, nous !
Oui, mais Philip part demain, tu sais.
Ah oui, c'est vrai.
D'ailleurs Dan, tu t'occuperas du barbecue.
O.K. mom.
Tu sais où sont Philip et Elie ?
J'ai une de ces soifs, moi !
Ils étaient avec moi tout à l'heure et ils ont tout à coup disparu.
Dan, tant que tu y es, demande à Elie de venir m'aider. Elle n'a pas fini de peler les patates.
O.K. mom.
Elie ?!!
Seigneur, c'est Dan !
TOC TOC TOC !
Oui, j'arrive !

Salut chérie !
Dan ! Tu es rentré ?
Ça n'a pas l'air de te faire plaisir ?
Oh Dan ! Qu'est-ce que tu vas t'imaginer ?
C'est marrant, on est assortis tous les deux.
Ma petite femme chérie... C'est parce qu'on est faits l'un pour l'autre... Tiens, ta robe est défaite...
J'allais prendre une douche. Il fait une de ces chaleurs...
Tu la prendras plus tard...
C'est impossible.
Et pourquoi ?
Parce que c'est comme ça.
GRRR...
SHHH...
Tu t'es bien amusée pendant ces trois jours ?
Quoi ? j'entends rien.
Qu'est-ce que tu me disais ?

Hein ?
Tu me disais quoi, tout à l'heure ?
Non, rien.
Qu'est-ce que tu as ? Tu es bizarre.
Je suis fatigué, c'est tout.
Repose-toi un peu... Je vais aider ta mère. Tu sais qu'elle organise une petite fête pour le départ de ton frère ?
Je sais, oui...

Dis donc, sacrément mignonne ta poulette, Dan !
Ta gueule Doug !
Ouh là... J'ai rien dit, moi
Il vaut mieux que nous restions amis, Elie.
J'aimerais partir avec toi.
Je viens de te dire que nous devons rester amis, tu comprends ce que ça veut dire ?
Ça n'empêche pas que j'ai envie de partir avec toi.
Elie, tu ne comprends pas. J'ai ma vie là-bas. Je vais me marier avec Beth...
...Et puis tu oublies que tu appartiens à mon frère... Je ne peux pas lui faire une chose pareille.
Tu l'as déjà faite, Philip. Tu ne peux pas tout effacer.
Je n'efface rien, bon sang ! Je ne regrette pas ce qui s'est passé entre nous. C'était bien. Mais il n'y avait là rien de sérieux. Rien de sérieux, tu m'entends ?!!

Essuie-toi !
Merci.
C'est le foulard de Philip !
Je suis prêt à te pardonner, Elie...
Parce que tu es jeune et que tu n'as pas d'éducation...
Mais de quoi tu parles, Dan ?
Te fiche pas de moi Elie... T'es qu'une petite salope, ma mère avait raison.
Tu as bu.
Et toi, t'as l'feu au cul, c'est ça ! J'te suffis pas, faut encore que tu te tapes mon frère !!!
AH!
Et ça, hein ! Tu sais où je l'ai trouvé, hein ? Tu le sais !!!
Aïe

Elie?
Pardonne-moi... Je... Je ne voulais pas...
Tu... Tu as mal?
Je suis un misérable ...
Je t'aime Elie... Je t'aime...
Ne me touche pas, Dan.
Elie, ne me laisse pas...
faut que j'aille me laver.

Merci, Dan.
À bientôt.
Philip !
Oui ?
Je voulais te dire...
J'aime Elie plus que tout au monde.
Je sais, Dan.
STATION

FIN

LAPIN LAPIN
Hé !
Hé, lapin !
Attends-moi !
AH !

Tu ne pouvais pas faire attention ! Je vais être en retard à cause de toi !
J'ai pas fait exprès !
Ça va, tu n'as rien ?
Juste une égratignure.
Tu aurais pu m'attendre !
Pourquoi j'aurais fait ça ?
Parce que je te l'ai demandé !
Je suis extrêmement pressé ! Je n'ai pas de temps à perdre !
Où tu vas ?
Je t'en pose des questions ?!!
Oh l'autre !

Je peux venir avec toi ?
?
Quoi ? Tu m'as jamais vue ?
C'est exactement ça ! Qu'est-ce que tu me veux au juste ?
Rien... Juste venir avec toi.
Non, tu ne peux pas venir avec moi !
Mais pourquoi je ne peux pas venir avec toi ?
Écoute-moi ... Euh...
Alice.
Alice, tu ne peux pas venir avec moi, parce que... C'est IMPOSSIBLE !
Mais pourquoi ?
MAIS PARCEQUE C'EST COMME ÇA, BON DIEU DE BON DIEU !!! C'EST TOUT !
OUSTE, DU BALAI ! UN POINT C'EST TOUT ! ALLEZ
Snif

Non, ne pleure pas... Comprends-moi bien. Tu n'es qu'une petite fille et là où je vais...
Je ne suis plus une petite fille ! Et toi tu n'es qu'un lapin !
Peut-être, mais c'est de toute façon trop dangereux pour toi. Et tu n'y es pas invitée.
Mais où, dis-moi où ?!!
C'est un secret.
J'adore les secrets !!!
Je ne le répéterai pas, je le jure !!!
Un secret est un secret, je ne t'en dirai pas plus.
Pfff
Allez, sois sage maintenant, laisse-moi partir tranquille !
D'accord.

HAAAAAA
POUM
Tu n'as pas pu t'empêcher de me suivre, petite sotte !
J'ai mal aux fesses !
Voilà ce qui arrive aux petites curieuses.

Tu es contente maintenant ? Tu ne peux plus revenir en arrière !
Comment ça ?
Tu es coincée ici, tu ne peux plus remonter dans le monde d'en haut !
Mais...
Franchement, je me serais bien passé de toi !
Je ne pourrai plus rentrer chez moi ?
Non.
C'est affreux !
C'est tant pis pour toi ! Allez, ne reste pas plantée là, suis-moi !
Où on va ?
Tais-toi !
Aïe !!! Non mais ça va pas !!!
T'as pas intérêt à recommencer !

AïE !
PROUT !
Ah non !
POUAH !
Je t'avais prévenue !
Tu ne manges pas que des carottes !
Voilà la sortie !
C'est pas trop tôt !
Oh, des pirates !

Enfin, voilà l'autre abruti !
Vise un peu la poulette !
Qu'est-ce t'as foutu ?
J'ai été retardé.
Ne vous inquiétez pas, elle est inoffensive.
C'est qui cette fille ?
HAHAHAHA !
Merci du renseignement !
Allez, trêve de plaisanterie, on embarque !
Si tu veux pas que le capitaine te tire les oreilles !
Ça porte pas malheur un lapin sur un bateau ?
Hein ?
HÉ HÉ HÉ HÉ HÉ HÉ
HÉ HÉ HÉ

Hé là ! Qu'est-ce que tu caches là-dessous ?
Montre voir !
HA !
Je vous interdis de la toucher !
HAHAHA HA !
C'est qu'il est chevaleresque, notre lapinou !
T'as de la chance, on est arrivés.
Alice, ne me colle pas, tu me gênes !
Ah pardon.
Y a pas de mal.

Ça fait plus d'une heure que je t'attends Lapin, c'est intolérable !
J'ai dû me débarrasser de Lapinette.
Non, vous n'avez pas fait ça ?!!
HÉ HÉ HÉ
C'est... C'est... C'est...
Joli brin de fille que tu as là ! Décidément tu m'étonneras toujours.
Tiens, mais qui voilà ?!!
Jacky ! Tu es vivante !
BOBY !
Tout doux, l'ami ! Tu as la rançon ?
Oui, oui, bien sûr !
Tenez !
Alice, s'il te plaît, je t'ai déjà demandé de ne pas me coller !
Parfait !

Libérez Jacky maintenant !
Pas si vite, il me manque quelque chose.
Quoi ?!! C'était pourtant notre marché ! Il n'y avait rien d'autre !
Les prix ne cessent d'augmenter, hélas !
Alice !
Pardon.
Je veux la fille en plus !
Quoi moi ?!!
Je ne peux pas vous la donner, c'est contre mon éthique.
Qui te parle d'éthique ? Tu veux récupérer Lapinette, oui ou non ?
Oui.
Alors tu n'as pas le choix.
Après tout, elle ne m'appartient pas, vous pouvez la prendre sans que je vous la donne.
Voilà qui me plaît... Qu'on relâche Lapinette !
Jacky, mon amour !
Mon héros !
HÉ HÉ HÉ
HA HA HA !
Lâchez-moi, canaille, pirate, ordure !

HA HA HA !
SALAUD, BANDIT, VOLEUR !
AÏE !
Diablesse !
LAPIN !
LAPIN ! ATTENDS-MOI !!!
C'est qui cette fille ?
C'est ça, prends-moi pour une poire !
Je ne sais pas.
Lapin ...
Laisse-le ton lapin, il a retrouvé sa dulcinée.
Mais je l'aimais, moi...
Allons, allons ! Que connais-tu de l'amour ?
Ben ...
Pas grand-chose hein ?
...
Tu voulais de l'aventure ?
Euh... oui.
Alors tu vas en avoir.
ah !
Mmm ...
FIN

La complainte de l'escargot

C'est toi qu'as rien compris du tout !
Tu vois pas qu'cette fille elle en a rien à fout' de toi ! Elle a un cœur de pierre.
C'qu'elle est belle !
Ouais bon...
Allez salut, j'me tire !
Salut Nad' !
Ça m'file le bourdon de te voir décérébré comme une limace.
Pff... J'te jure !

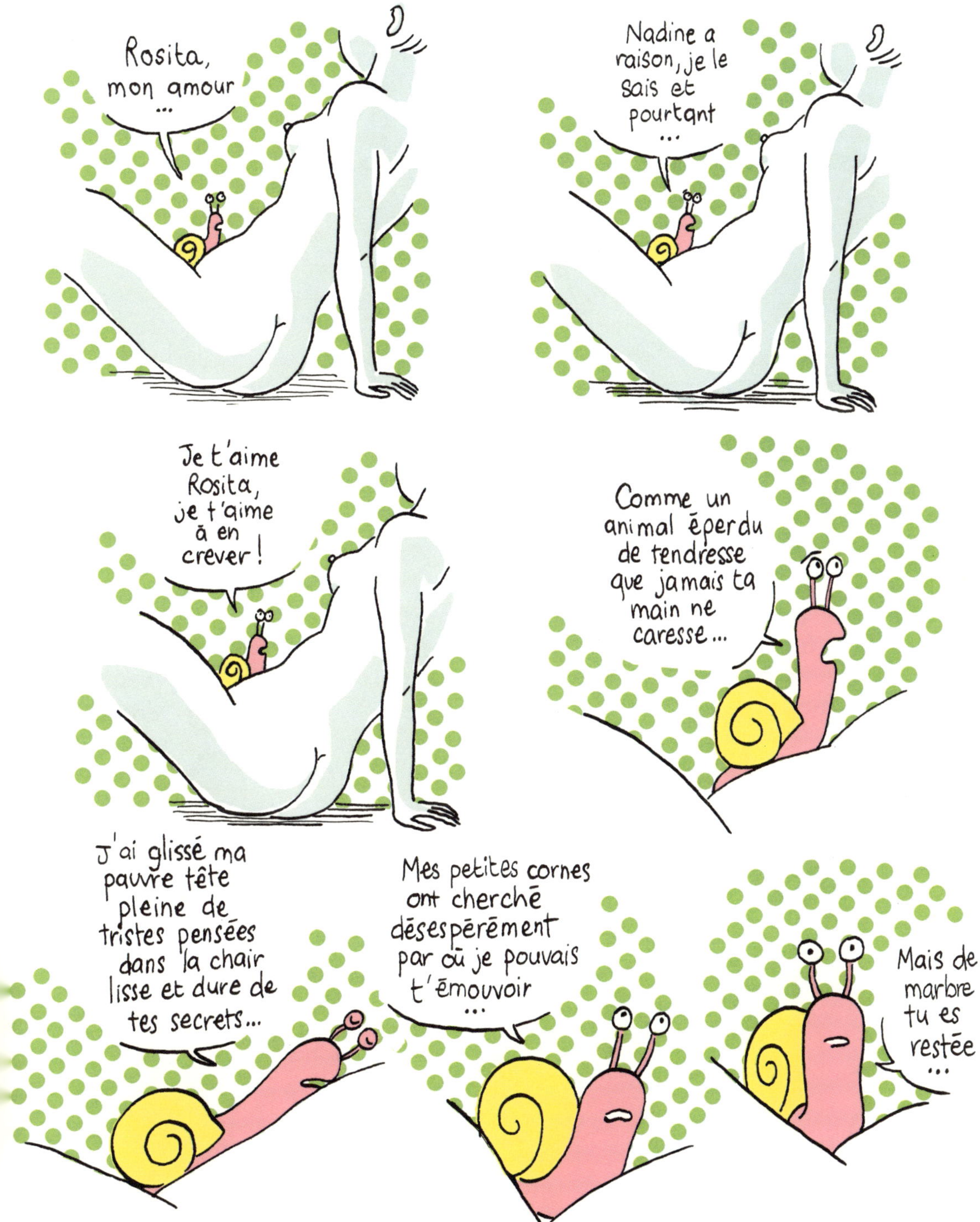
Rosita, mon amour ...
Nadine a raison, je le sais et pourtant ...
Je t'aime Rosita, je t'aime à en crever !
Comme un animal éperdu de tendresse que jamais ta main ne caresse...
J'ai glissé ma pauvre tête pleine de tristes pensées dans la chair lisse et dure de tes secrets...
Mes petites cornes ont cherché désespérément par où je pouvais t'émouvoir ...
Mais de marbre tu es restée ...

Alors je suis parti, si lentement mon ange froid, si lentement ...
Exprès pour encore un peu plus rester près de toi ...
Mais tu n'as pas levé les yeux, tu ne m'as pas rappelé ...
Jamais.
Aujourd'hui je reviens ...
... Me livrer une dernière fois à ma folle désespérance ...
Avec toi, contre toi ...
Ô mon amour, prends-moi dans ton sein de glace ...
Et de ta fatale étreinte fais-moi mourir doucement ...
Je n'espère plus rien ...
Je ne s qu'un escarg qui pleur

Le lendemain au petit matin...

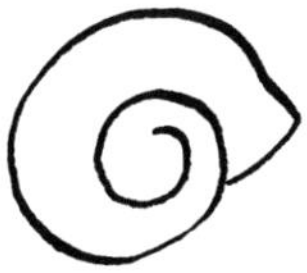

On s'ennuie ici, y a que des ploucs !
COCKTAIL
Champêtre
Oh Julius t'as vu qui est là ?!!
Ouais, je savais qu'il venait.
Ah bon ? Pourquoi tu me l'as pas dit ?
Je ne savais pas qu'il t'intéressait.
Je ne te parle pas de Christian Dubois, Julius.
Je crois que j'ai pigé !
HAHAHA HA HA HA
Hi Hi
C'est à ce vieux ringard de Richard Green que tu faisais allusion.
Oui, c'est lui. Il a vraiment la classe !

Comme j'aimerais qu'il me remarque !
À toi de jouer mon chou.
T'es fou ! Je n'oserai jamais lui parler !
Tu n'auras pas grand-chose à dire.
Tu ne te rends pas compte Julius ! Je suis sa plus grande fan depuis que j'ai quatre ans...
Si jamais je m'approche de lui, je... je... Je m'évanouis !
Tu as raison ma chérie, ne prends pas de risques inconsidérés, ça pourrait t'être fatal.
Mais ...
Djoulious !
C'est souper qué tou sois vénou !
Il faut absolument qué jé té présenté Christian Doubois.
Ah, il est ici ?

Bien sour ! Il est oun grand ami à moi et tou sais...
... Il a adorrré ton travail chez Piffany !
Vraiment ?
Santa Madonna ! J'ai oublié dé té présenter Crocky Zorran !
Il fait dé merveilleuses photos d'anous !
Oui, bien sûr ! J'aime beaucoup ce que vous faites... Enchanté.
Dobra večer.
Hélas, il né parlé qué lé croate !
Steno !
Psst !
Koliko je sati ?
Točno je deset sati.
Quoi ?
On s'en va ?
Ben pourquoi ?
Parce que j'en ai ma claque ! C'est la dernière fois que je t'accompagne dans tes cocktails pourris, avec tous ces prétentieux de mes deux !
Oh !
Ce n'est pas ce que tu disais tout à l'heure à propos de ton vieux crooner.
Lui, ce n'est pas pareil ! C'est Richard Green !
D'ailleurs puisque c'est comme ça, je vais aller lui parler. Je suis sûre que lui au moins a quelque chose à dire !

Qui est-ce?
C'est ma soeur... Elle veut devenir actrice.
Je comprends... Mais voilà Christian.
Christian, Caro mio !
Roberta chérie !
HA HA HA
Mmm ...
Ahh...
Richard, je crois que tu as assez bu comme ça !
S'il te plaît mon chaton, cette soirée s'annonçait plutôt bien...
Parle pour toi, Richard !
Mmm ...
Oh Béatrice ! Come on !
Laisse-moi, tu empestes l'alcool !
HEY, Ricardo !
Béa, C'est toi ?!!

Comment va ma reine de la nuit ?
Ça fait longtemps que je ne sors que le jour !
Oh... Mais tu aimes toujours danser ?
Plus que jamais !
Hélas mon nouveau mari n'en a jamais envie !
Oh... C'est triste.
Allez ce soir, je t'emmène dans les étoiles !!!
YOUHOU !!!
Béa ...
glouglou
Ils ont l'air de bien s'amuser ces deux-là !
Je vous offre un autre verre ?
HiHi

À qui ai-je l'honneur ?
Astrid.
Aaah, Astrid ! Astre de la nuit qui soudain illumine mon cœur !
Puis-je savoir quel bon vent vous a amenée jusqu'à moi ?
Ben... En fait, j'accompagne mon frère... Il est styliste.
Et vous-même ?
Oh moi ! Je n'ai qu'un seul rêve, celui de devenir actrice !
En attendant, je vais au cinéma.
Excellente initiative ! Comme le disait André Bazin : "Le cinéma substitue à notre regard un monde qui s'accorde à nos désirs."
Oui, c'est vrai ça !
Vous savez que j'ai vu tous vos films ?
Ah oui ?
Comme c'est intéressant ! Venez donc me raconter ça en visitant le jardin, voulez-vous ?

HA HA HA HA !
Mais oui, je vous assure !
... Depuis La Route sans retour jusqu'au Faucon discret...
HAHAHA ! Vous êtes charmante !
Vous étiez formidable dans ce dernier film ! Oh et quand vous répliquez à l'horrible Corsek :
« C'est le temps seul qui révèle l'homme juste, un seul jour dévoile le perfide. »
HAHAHA ! Vous m'imitez à merveille ! Quel talent !
Merci, mais j'ai loin d'avoir votre charisme !
Quand j'y pense, j'en ai la chair de poule !
Allons, allons, oubliez tout ça ! Il n'y a que votre avenir qui compte !
Vous avez une espèce de fraîcheur vivifiante très intéressante... et j'aimerais beaucoup... si vous me permettez...
Mmm ?

... Que vous m'accompagniez sur mon prochain tournage. Je vous trouverai sans doute un second rôle et qui sait, peut-être le premier.
Vous rigolez ?
Je suis très sérieux.
Ce serait merveilleux !!!
Ouh !
Votre enthousiasme est renversant !
Je suis désolée... Est-ce que ça va ?
Je ne peux pas être plus heureux !
Votre noeud papillon est un peu trop serré, on dirait.
Astrid, je vais être direct, ne m'en veuillez pas... Mais après tout à quoi bon tervigerser...
... Euh tergerviser... Euh ... tersiverger... Euh...
Tergiverser ?
Oui, c'est ça.
Euh... Où en étais-je déjà ?
Vous disiez que vous alliez être direct.
Oui tout à fait.

Mais avant, aidez-moi à me relever je vous prie. Mon épaule me fait un peu mal.
Oh, vous êtes blessé !
Ce n'est rien, je vous assure.
Venez vous asseoir au bord de la fontaine, vous serez mieux.
Vous êtes bonne avec moi.
Alors ?
Alors voilà...
Vous me plaisez infiniment.
Vous avez une brindille dans les cheveux.
Que dis-je ? Je vous adore !
Richard, vous exagérez un peu. On se connaît à peine.
Que m'importe ! Vous êtes merveilleuse !
Ouh là !
Vous êtes un sacré flatteur !
Et vous une fleur.

Vous voulez me cueillir ?
Surtout pas, vous faneriez trop vite.
Je préfère vous regarder pousser...
Vous épanouir...
Vous embrasser.
Richard !

Béatrice, qu'est-ce que tu fais là ?
Je te cherchais partout Richard. Mais je vois que tu as trouvé de quoi te distraire.
Cette jeune fille et moi étions en train de discuter et...
Tu lui expliquais sans doute la sexualité des abeilles
HA HA ! Oui très drôle ! Mais laisse-moi t'expliquer. Astrid veut faire du cinéma et je lui montrais...
Comment s'y prend un vieux pervers qui se sent à son avantage ?
Tu vois le mal partout, Béatrice.
J'ai plutôt l'impression d'y voir très clair, au contraire.
Je te jure ma chérie que nous ne faisions rien de mal.
Ne compte pas sur moi, Richard, pour arranger les choses à ta convenance !
Cette fois, c'en est trop !
Béa, écoute ...
Pauvre type !
Trop sympa ...

oh pardon.
AÏE!
Julius, c'est toi?
Astrid?

Qu'est-ce que tu fais dans ce buisson ?
Oh moi ? Rien de spécial...
... Je discutais avec Christian.
Qu'est-ce qui se passe ?
Ah... Je vous laisse alors !
C'est qui cette fille ?
C'est ma sœur.
C'est tout à fait celle qu'il me faut !
?
Hé mademoiselle ! Ne partez pas ! J'ai deux mots à vous dire !
Oui ?
Faites un tour sur vous-même, je vous prie.
Décroisez les bras.
Écartez légèrement les jambes... La bouche entrouverte... Parfait !

La ligne est fine, le galbe harmonieux, le minois effronté et doux à la fois...
Je vous engage !
Pour le prochain défilé de ma nouvelle collection, vous serez mon mannequin vedette !
Christian tu n'aurais pas vu mon gilet en cuir ? Je le cherche partout !
Tu vois bien que ce n'est pas le moment Julius !
Bien sûr, il faut que vous soyez d'accord ma chère.
Oh la barbe !
Ben... D'accord.
Génial ! Je vous laisse ma carte !
Je vous attends à l'atelier lundi matin à 8 heures ! On commence les essayages !
Oh une dernière chose... Vous aurez évidemment des séances photos !
Évidemment !
Christian, tu es sûr que tu n'as pas vu mon gilet ?
Je dois absolument y aller, mon chou ! On s'appelle, ok ?
Bye Bye !

P'tain, mon gilet Armano tout neuf ! J'y crois pas !
Tu l'auras sans doute égaré !
Merci du renseignement. Vraiment, tu me rassures.
Allez viens, on s'arrache d'ici, j'ai trop les boules !
Au fait qu'est-ce qu'il te voulait, Christian ?
T'as pas entendu ?
J'étais trop occupé.
Il me veut pour sa nouvelle collection.
Ouais, j'en étais sûr !
Et tu as accepté ?
Ben ouais
Ben ouais.

Et ton célèbre acteur ?
Richard Green?
T'en as vu d'autres?
C'est un naze !
Je ne comprends pas qu'un mec aussi charismatique au cinéma soit aussi nul dans la vraie vie !
Tu es déçue ?
Boh ! Ça me fait une expérience.
Et toi, ton grand couturier, alors ?
Tu as pu le voir par toi-même ...
Que du superficiel !
Elle était nulle cette soirée de toute façon.

Ouais... Tous ces gens sont d'un ennui ! Tu veux que je te dise, ils ne me reverront pas de si tôt !
Moi non plus.
Je vais créer dans mon coin, bien peinard...
Tiens, tu me files une clope, y en a dans la boîte à gants !
Mm
Hé! Qu'est-ce que c'est que ça?
Tu es invité chez la comtesse Alexandra à un bal masqué ?!!
HéHé
Je pourrai t'accompagner?
Si tu es sage!

FIN

L'AUTEUR

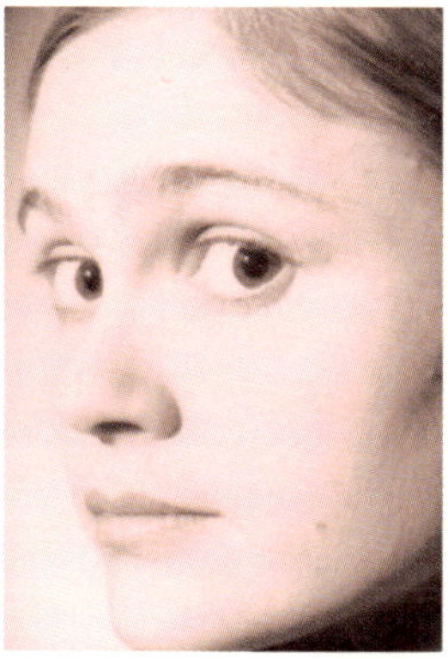
© Alexis Delon

Lucie Durbiano naît à Castelsarrasin en 1969. Elle grandit dans le Sud, suit des études d'art à la villa Arson à Nice, puis aux Arts décoratifs de Strasbourg. Elle illustre d'abord des albums pour la jeunesse, dont les premiers « Lulu Grenadine », une série pour laquelle elle n'a jamais cessé d'œuvrer (par Laurence Gillot, chez Nathan). Elle travaille aussi pour la presse, *Pomme d'Api*, *Astrapi* et *Toboggan*. C'est en 2001 qu'elle fait ses débuts en bande dessinée, avec une histoire courte publiée par Les Humanoïdes Associés dans le collectif *Tohu Revue*. Peu après, elle signe avec *Laurence* (Les Requins Marteaux) son premier album. Pour *Orage et Désespoir* (collection Bayou), elle imagine un récit d'aventure au charme envoûtant que la sélection officielle du Festival d'Angoulême met à l'honneur en 2007. Dans les sept chansons d'amour qui composent *Le rouge vous va si bien*, sa voix sensuelle et drôle dit comme nulle autre la confusion des sentiments.

DU MÊME AUTEUR

Orage et Désespoir, Gallimard
Bizou, Les Requins Marteaux
Laurence, Les Requins Marteaux

DANS LA MÊME COLLECTION

A.L.I.E.E.N.
Lewis Trondheim

AYA DE YOPOUGON
(3 volumes)
Marguerite Abouet
et Clément Oubrerie

CAPUCIN
I. La mauvaise pente
II. Pour quelques coups de baguette
Florence Dupré la Tour

CHAQUE CHOSE
Julien Neel

COW-BOY MOUSTACHE
Morgan Navarro

LA FORÊT DE L'OUBLI
I. Le chemin de Maison-Haute
II. L'arbre de pierre
III. La fille sauvage
Nadja

KLEZMER
I. Conquête de l'Est
II. Bon anniversaire Scylla
III. Tous des voleurs !
Joann Sfar

LE LOCAL
Gipi

ORAGE ET DÉSESPOIR
Lucie Durbiano

R.G.
Pierre Dragon
et Frederik Peeters

SKATEBOARD ET VAHINÉS
Morgan Navarro

BAYOU
Collection dirigée par Joann Sfar

www.gallimard.fr/bayou